KB264981

천주교와 개신교는 하나다

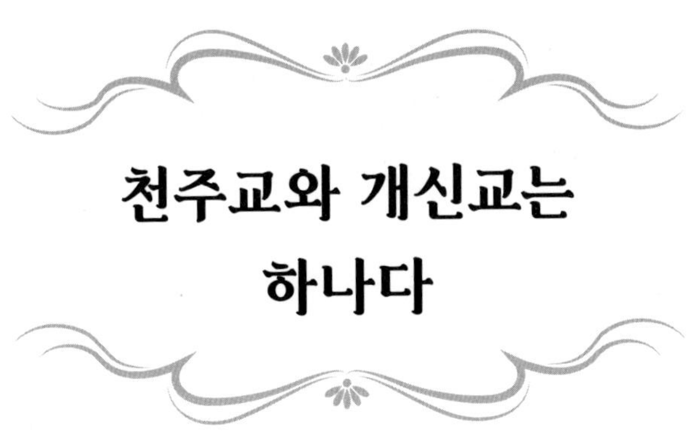

김성아

천주교와 개신교는 하나입니다!

만물의 창조주 야훼 하느님 아버지와
그분의 외아들 예수 그리스도와 성령님만을
아버지로 모신 한 집안의 친형제자매들입니다.

그러므로 우리는 형제에게 하는 비난과 비판의 자
리에 이제, 사랑을 꽃피워야만 합니다!

그래야 우리 모두가 하느님의 참된 자녀들로서 인정
을 받게 될 것입니다.

전혀 보이지도 않고 아무런 감각도 없는 그 무엇을
믿는다는 것은 인간의 두뇌로서는 참으로 불가능한
일입니다.

그러나 우리를 향한 하느님 아버지의 크신 자비로 그분의 외아들 예수님을 우리 인간들에게 보내 주심으로써 우리는 그분의 모습을 보고 보이지 않는 하느님을 믿을 수 있게 되었습니다.

이렇게 믿음을 선물 받은 신자들은 하느님의 특별한 선택을 받은 참으로 복된 사람들입니다.

그러나 하느님의 선택도 인간 모두가 받은 것은 아닙니다.

아직도 하느님을 외면하고 자신의 생각만을 주장하며 인생을 살아가는 사람들은 그분의 선택을 받지 못한 참으로 불행한 사람들입니다.

그러나 그런 사람들일지라도 마음을 돌려, 주님을 믿고 그분께로 향하는 삶을 살아만 간다면 구원을 받으리라 믿습니다.

반면, 그토록 소중한 하느님의 선택은 받았지만, 우리 각자에게 주어진 삶들을 얼마나 그분의 말씀에 순종하며 살아왔는가에 따라 구원을 받기도 하고 받지 못하기도 하는 공평한 선택이 우리 앞에 놓여 있습니다.

그토록 귀한 하느님의 선택을 받고도 구원을 놓쳐, 영원한 지옥불로 떨어지는 참으로 불행한 일은 우리 신자들에게는 없어야 할 것입니다.

그러기 위해서는 우리는 오직 사랑이신 주님을 닮은 사랑의 삶을 살아야만 하고

또한 그분의 말씀에 순종하며 그분의 뜻에 따라 우리의 삶을 살아가야만 합니다.

그런데 많은 신자들뿐만 아니라 목회자들까지도 하느님을 열심히 믿고는 있으나

그 믿음이 사랑이신 주님의 삶과는 전혀 반대로 이웃을 향한 비난과 비판만을 일삼는, 참으로 옳지 못한 삶을 살아가는 헛된 믿음의 목회자들과 신자들을 많이 봅니다.

그들은 참으로 어리석은 믿음의 사람들입니다.

특별히 많은 목사님들 자신이 이러한 믿음이 얼마나 헛된 믿음이라는 사실을 깨닫지도 못한 채,

타 종교에 대한 비판들로 가득 찬 자신의 잘못된 생각들을 선량한 신자들에게까지 주입시키는 무서운 행동들을 하십니다.

이러한 행위로 인해 목회자 자신이 얼마나 어두운 큰 죄의 길로 가고 있는지를 모른다는 사실이 참으로 안타까운 일입니다.

사랑하는 목사님들이시어! 이제 제발 깨어나시어, 타 종교를, 특히 같은 아버지를 모신 친형제까지도 비난하며 심판하는 자신의 잘못된 생각들은 완전히 버리시고,

오직 사랑이신 하느님의 뜻을 찾아, 다만 그분의 뜻에 따라 양들을 바른길로 인도하는
지혜로운 목사님들이 되시길 간절한 마음으로 부탁드립니다.

우리가 주님의 손을 잡고 그분의 길을 함께 걸어가려면
먼저, 그분과의 깊은 만남을 통해 그분의 참 뜻을 찾도록 노력해야만 합니다.

그리고 그분의 뜻에 따라 그분의 말씀 대로 순종하는 삶을 살아가는 길만이

그분과 함께 복된 생명의 길을 동행할 수 있는 것입
니다.

그러나 주님의 사랑 대신 미움과 비판의 삶을 살아
가는 사람들은 절대로 그분을 만날 수가 없는 참으
로 불행한 사람들입니다.

왜냐하면, 하느님의 길은 완전한 사랑의 길인데
반해,
이웃을 비난하며 저주하는 사람들의 길은 완전히
다른 방향을 향한 길이므로 도저히 주님을 만날 수
가 없는 것입니다.

이 또한, 참으로 어리석은 삶의 모습입니다.

우리는 목숨 걸고 이 어리석음에서 벗어나야만 합
니다.

그렇지 않으면 참으로 안타까운 영원한 불행으로
빠지게 됨을 우리는 명심해야만 합니다.

이제 올바른 믿음으로서 하느님의 사랑 받는 자녀
가 되려면
먼저 자신의 잘못된 생각들을 버리고 오직 하느님
의 뜻을 깨달아 그분의 뜻에 맞는 삶 과 또한 그분의
말씀만을 순종하며 살아간다면

우리는 참으로 하느님의 사랑받는 자녀들로서
현세의 삶의 축복뿐만 아니라

영원까지도 풍성한 구원의 열매를 맺는 복된 자녀
들이 되리라 확신합니다. 아멘!

CONTENTS

Peace

제1장

천주교와 개신교는 하나입니다

천주교와 개신교는

만물의 창조주 **야훼 하느님** 아버지와

그분의 외아들 나사렛 **예수 그리스도**와

성령님 만을 믿는 한집안 가족입니다.

1517년경, 천주교 집안에서 개신교가 독립적으로 분가했을 뿐이지, 우리 모두는 똑같은 삼위일체 하느님만을 아버지로 모시고 또 그분의 말씀만을 따르는 사랑스러운 그분의 친 자녀들입니다.

천주교로부터 개신교가 분가하게 된 동기는
한때, 천주교의 신부님들이 하느님께 더 큰 영광을 올려 드리려고 분에 넘치는 성전을 건축하기 위해 모금할 때, 국민들에게 천당 장(천국가는 표)을 판매하는 불의를 저질렀고,

이는, 하느님의 뜻에 크게 어긋나는 행위로서 하느님께서 원치 않으신 방법이였음에도 불구하고 하느님의 뜻을 알기 위한 노력도 없이 미개한 인간들의 생각만으로 실행한 일들이 크게 문제가 되어,

그 당시 신부였던 마르틴 루터 신부가 교회의 잘못됨을 지적하면서 천주교를 떠나 새로운 교회를 세운 것이 바로 개신교임을 모두가 아는 역사적인 사실입니다. (개신교: 개혁한 새로운 교회)

　마르틴 루터 신부님이 새로운 교회를 설립했다고 해서 삼위일체(三位一體) 하느님이 아닌, 다른 신을 데려와 섬긴 것이 절대로 아닙니다.

　근본인, 천주교의 삼위일체 하느님을 그대로 모시고 다만, 천주교의 형식들을 새로운 형태로 바꾸어 세운 교회일 뿐입니다.

　그러므로, 천주교와 개신교는 똑같은 야훼 하느님 아버지와 나사렛 예수 그리스도와 성령님 만을 아버지로 모신 한집안이라는 사실에는 전혀 변함이 없습니다.

　그 후, 천주교 신부님들은 하느님의 뜻을 벗어나, 미개한 인간들의 생각만으로 행동한 일들이 얼마나 어리석고 또한 얼마나 위험한 결과를 초래한다는 사실을 확실하게 깨달은 후, 자신들의 잘못들을 크게 뉘우치며 여러 대를 거쳐 교황님들이 진심으로 하느님께 용서를 빌었고, 또 모든 국민들에게도 진심으로 사과를 했습니다.

인간이란, 언제나 많은 실수를 저지르고 또 잘못을 뉘우치며 회개하는 가운데 온전한 믿음을 다져가는 길이 모든 신자들이 겪는 믿음의 과정이라 생각합니다.

그러므로, 인간 사회는 완전이란 없는 사회임을 또한 우리 모두가 인정합니다.

그래서 누구나 지금은 잘못된 길을 걷고 있을지라도 올바른 그리스도 신자들은 언젠가는 주님의 도움으로 바른길을 찾아 걷게 될 것입니다.

지금도 이 세상에 많은 지혜로운 개신교 목사님들이 계십니다.

그분들께서는 깊은 기도 가운데 하느님의 참뜻을 깨달으며 하느님께서 이루신 모든 일들을 인간인 자신의 생각이 아니라

오직 하느님의 뜻에 따라 양들을 바른 길로 이끌어 가시는 선한 목자들이십니다.

반면, 성경 말씀에 무지하고 또한 천주교 교리에 대한 지식도 전혀 없는 목사님들은 하느님의 뜻에는

전혀 관심도 없이, 다만, 어리석은 인간 자신만의 생
각을 주장하며,

  천주교는 마리아를 하느님으로 믿는 종교이며,
  우상을 섬기는 이단이며 구원이 없다고 가르칩니다.

  이는 결코 진실이 아닌, 완전히 거짓된 가르침으로
서 천주교가 절대로 성모 마리아를 하느님으로 믿는
종교가 아니며,
  또한 우상을 섬겨 구원이 없는 종교가 결단코 아님
을 확실하게 설명해 드리려고 합니다.

  먼저, 다른 종교를 비판하려면 그 종교에 대한 완전
한 지식을 갖춘 후에 하십시오.
  타 종교에 대한 지식도 없이 자신의 생각만을 주장
하며 다른 종교를 비판하는 행위는 하느님 앞에 크게
심판 받을 무서운 죄임을 깨닫기 바랍니다.

  천지 만물의 옳고, 그른 모든 판단은
  오직, 만물을 창조하신 하느님만의 권한이십니다!

하느님께서는 결코, 천주교가 이단이며
구원이 없다고 말씀하신 적이 전혀 없습니다!

그럼에도 불구하고 성경 말씀에 무지하여 깨우침이
부족한 목사님들은 오직 하찮은 자신의 생각만을 주
장하며 또 그 잘못된 자신의 생각들을 순수한 신자
들에게까지 가르치는 참으로 무례한 목사님 들이 있
습니다.

그러한 목회자들의 행위는 바로 하느님의 뜻을 무
시한 죄와 자신의 생각만을 주장하는 교만으로 하느
님을 대적하는 행위라는 사실을 깨닫고
그 죄의 무게가 하느님 앞에 얼마나 엄청나게 무거
운 죄인가를 명심하시길 바랍니다.

개신교의 창시자도 천주교의 신부였습니다.

똑같은 천주교의 삼위일체 하느님을 모시고 개신교
를 건립하였으므로 우리는 같은 아버지를 모신 한집
안 식구임에는 틀림없는 사실입니다.

그런데 천주교를 이단이라고 말한다면
같은 아버지를 모신 개신교 또한 이단일 수밖에 없
다는 사실을 왜 모르시나요?

인간 사회에서도 한집안 형제들이 성장하면 결혼해
서 각자의 가정을 이루며 살아갈 때, 형제들 각자의
개성에 따라 각 가정마다 모두가 다른 스타일로 살아
갑니다.

그렇듯, 천주교의 예배 형식과 개신교의 예배 형식
만 다를 뿐이지, 똑같은 야훼 하느님 아버지와 나사
렛 예수 그리스도와 성령님만을 부모로 모신, 한집안
의 친형제자매들임에는 틀림없습니다.

진실한 하느님의 자녀들이라면 형제와 이웃을, 또
한 원수까지도 사랑하라고 명령하신 하느님의 말씀
에 순종하여 실제로, 우리들의 삶 안에서 사랑을 실
천하며 살아야만 합니다.

하물며 한 아버지를 모신 친형제까지도 비난과 비판
으로 적대시하는 죄의 모습들을 바라보시며 사랑이신

하느님의 마음이 얼마나 아프실 지 생각해 보셨나요?

또한 인간을 위해 수많은 고통을 겪으시고 끝내 자신의 목숨까지 내어 주신 예수님께서도,

한 가족인 친형제들 마저, 아직도 사랑할 줄 모르고 비난하며 정죄하는 죄 가운데 머물러 있는 우리들의 모습을 바라보시며

자신의 그 값진 죽음의 결과에 대해 얼마나 마음이 괴로우실 까요!

우리 부부가 1999년 1월 1일 휴스턴 한인 천주교회를 처음 방문했던 날, 미사 중의 기도 내용은 우리 부부를 참으로 감동시켰습니다.

교우들 모두가 하나가 되어 전 신자들이 함께 하느님께 올려 드린 기도의 내용은 바로,

갈라져 나간 개신교 형제님들의 평안과 축복을 위해 간절히 기도드리고 있었습니다.

우리 부부가 개신교에서 배워왔던 천주교에 대한, 미움과 증오와 저주로 가득한 비난의 기도가 아닌!

오직 그들의 기도는 참으로 아름다운 사랑의 기도 였습니다.

사랑이신 하느님께서는 어떤 기도를 기쁘게 받아주 실까요?

하느님을 진심으로 사랑하는 참된 자녀들이라면
더 이상 하느님의 마음을 아프게 해드려서는 안 됩 니다.
우리는 이미, 너무나도 큰 고통을 예수님께 안겨 드 린 사람들입니다.
이제 우리는 그분께 기쁨만을 안겨 드리는 철든 신 자들이 되어야겠습니다.

주님께서 인간에게 내리신 가장 큰 계명인
"서로 사랑하라"는 주님의 말씀에 순종하여 천주교 와 개신교가 한집안 형제로서 뜨거운 사랑 가운데 서 로 도와가며 화목하게 살아간다면

예수님께서도 얼마나 우리를 위한 자신의 죽음이
보람되었음을 기뻐하실까요!

우리가 신앙을 갖는 데의 목적은 사랑이신 하느님
과 일치하기 위 함입니다.
그러므로 우리가 하느님의 한 가족이 되기 위한, 하
느님과의 일치를 위해서는 오직 자신의 내면을 사랑
으로 가득채우고 또 그 사랑이 이웃으로 흘러가야만
합니다.

이렇듯, 하느님은 사랑이시므로
언제나 사랑이 있는 곳에만 환한 기쁨으로 찾아오
십니다.

그래서 마음 안에 사랑이 없는 사람은 아무리 기도
를 많이 하고 또 교회 일을 열심히 하는 목사님이라
할지라도 그 사람 안에는 하느님이 계시지 않습니다.
이러한 헛된 믿음의 사람들은 참으로 불행한 사람
들입니다.

하느님께서는 하느님 자신이 사랑 이시므로 사랑이 있는 사람만이 그분과 함께 살수있기에 우리에게 그토록 사랑을 크게 강조하신 것입니다.

이렇게 애타게 "사랑으로 하나가 되라"고 간절히 부탁하신 주님의 말씀을 다시 한번 마음 깊이 되새기며,

천주교와 개신교가 사랑으로 하나가 되어 하느님 아버지께 큰 기쁨을 올려드릴 수 있도록 우리 모두 다 함께 최선을 다해 노력해야만 합니다.

나는 너희에게 새 계명을 준다.
서로 사랑하여라.

제2장

우리는 한 가족입니다

천주교에 대한 오해와 진실

성모 마리아는 예수님의 친어머니이십니다.

개신교 교인들이 가장 궁금해하시는 성모 마리아에 대해 말씀드리려 합니다.

예배 때마다 고백하는 사도신경에서도 "예수님께서는 성령으로 인하여 동정 마리아에게 잉태되이 나시고 본시오 빌라도에게 고난을 받으시고……"라고 고백합니다.

이렇게 성경 말씀에도 분명하게 기록되어 있듯이, 마리아는 예수님의 친어머니이십니다.

그러므로, 진심으로 하느님의 나라를 갈망하는 참

믿음의 자녀들이라면, 예수님의 수난과 또 그분의 참된 많은 행적들과 함께,

예수님의 그림자로 살아오신 예수님의 어머니 마리아에 대한 역사적인 사실에 대해서도 반드시 알아야만 합니다.

특히, 예수님의 어머니 마리아의 존재가 인간 구원에 얼마나 큰 업적을 남기셨는지에 대한 거대한 역사적인 사실과,

또한 우리를 위한 마리아의 위대한 희생에 대해서도 우리는 명확하게 알아야만 합니다.

먼저 예수님의 어머니 마리아의 삶에 대해 알아보겠습니다.

그 당시 처녀가 임신을 했다면 돌로 몰매를 맞아 죽는다는 사실을 알면서도 마리아는 자기의 생명을 내놓으면서까지 하느님의 말씀에 순종하시며 처녀의 몸으로 아들을 낳아 하느님께 바쳐 드림으로써,

하느님께서 계획하신 인간 구원을 위한 하느님의 사역을 이루시는데 마리아가 가장 큰 협조자가 되셨다

는 이 거대한 사실을 우리는 분명히 알아야만 합니다.

하느님께서도 예수님을 낳아 드린 마리아의 협조가 없었다면 인간 구원을 위한 그분의 사역을 이루실, 예수님의 탄생도 없었을 것이며 따라서 우리의 구원도 없었을 것으로 생각합니다.

왜냐하면, 하느님께서 마리아를 선택하실 때, 자신이 창조하신 인간 중에 가장 모범적인, 오직 마리아만이 인간 구원의 협조자로서 합당하셨기에 특별한 존재로 마리아를 선택하셨을 것이라 생각합니다.

그런데, 하느님의 부탁을 너무나도 많이 거절하며 살고 있는 현세의 인간들처럼
만약, 마리아가 이 부탁을 거절했었다면 어떻게 되었을까요?

당연히, 우리가 그토록 사랑하는 예수님의 탄생도 없었을 것이고, 따라서 우리를 위한 하느님의 구원 사업도 이룰 수 없었을 것이라 생각합니다.

그러므로, 하느님께 바친 마리아의 순종은 마치 아버지께 순종하신 우리를 위한 예수님의 죽음과 같이 참으로 위대한 사건으로서 우리가 영원토록 감사드려야 할 이유입니다.

이렇게 마리아는 하느님의 거대한 은총과 특별한 사랑을 받은 참으로 귀한 하느님의 딸로서, 예수님과 함께 인간 구원을 위해 자신을 희생하신 분이십니다.

그 뿐만이 아닙니다.
인간들의 죄 때문에 예수님과 함께 예수님의 어머니가 겪어야만 했던 또 다른 희생은

바로, 자신의 외아들인 예수님을 인간들의 죄를 씻기 위한 속죄 재물로도 기꺼이 내어 주어야만 했던, 어머니로서는 참으로 가슴 찢는 사건 이였습니다.

인간들을 죄 가운데서 구해 내기 위해 외아들 예수님을 "속죄 재물"로 바치시며 당하신,
인간 마리아의 그 처절한 고통들을 우리는 상상할 수도 없음을 아시는지요?

마리아의 고통은 성경 말씀에도 나와 있습니다.

당신의 마음은 예리한 칼에 꿰 찔리는 고통 가운데 있을 것입니다. (루가 복음 2장35절)

이토록 단, 한 점의 죄도 없는 외아들이 인간들의 죄를 대신 짊어지고 십자나무에 못 박혀 피로 범벅이 된 채로 살이 찢기며 매달린 그 참혹한 아들의 모습을 처절하게 바라보아야만 했던

그 어머니의 비참한 심정을 단 한 번만이라도 생각해 보신 적이 있으셨나요?

또한 십자가 위에 고통스리이 매달려 있는 아들 앞에 주저앉은 마리아의 몸과 마음은 완전히 갈기갈기 찢기어진 채로,

통곡마저 숨어버려 소리도 낼 수 없었던 그 처절한 마리아의 고통들을 단 한 번만이라도 묵상해 보신 적이 있으셨는지요?

우리 부모들의 마음은 내 아들이 작은 바늘 하나에만 찔려도 안쓰러워합니다.

그런데, 우리와 똑같은 인간이셨던, 마리아가 우리의 죄 때문에 겪어야만 했던 이 처참한 고통들을 어찌 생각하시는지요?

참 믿음의 자녀들이라면, 우리를 위해 예수님의 어머니가 겪은 이 처참한 고통들을 마음 안에 깊이 새겨, 언제나 기억하며 감사해야 할 것입니다.

이렇게 인간으로서는 도저히 감당할 수 없는 참혹한 고통들을 아들 예수님과 함께 겪으신 이유는-
바로, 인간들을 죄의 소굴에서 구해 내시기 위해 희생 제물이 되신 아들 예수님의 협조자가 되시기 위함이였음을 우리는 확실하게 마음 안에 새겨 명심해야만 합니다.

이렇게 우리는 예수님과 그분의 어머니 마리아께 평생토록 갚을 수 없는 큰 빚을 진 사람들입니다.

이런 은혜를 모르는 인간들을 보시며 예수님의 마음이 얼마나 아프셨을까요?

진실한 믿음의 자녀들이라면, 우리 인간들의 죄로 인해 예수님과 함께 그분의 어머니가 겪은 이 참혹한 고통들을 뼈저리게 통감하며
예수님 안에 숨어 계신 성모 마리아에게도 뜨거운 감사가 마음 깊이 새겨지리라 믿습니다.

또한, 우리가 진정한 신앙인이 되려면
하느님의 말씀을 올바르게 깨우쳐야만 합니다.

주님의 말씀을 바르게 깨우치지 않으면
평생을 믿어 왔던 믿음이 완전히 헛된 꿈으로 사라져 버리는 참으로 안타까운 비참한 위험에 빠지게 됩니다.

먼저, 우리는 기본적으로 알아야 할
예수님과 마리아의 혈연관계에 대한 사실 또한 정확하게 이해해야만 합니다.

예수님은 하느님의 말씀으로서 하느님과 함께 계셨던 분이셨으며 그 말씀이 하느님의 외아들로서 인간 세상으로 오신 분이십니다. (요한복음 1장1절)

그러므로 예수님은 완전한 신성을 지니신 분이시며

또한, 예수님께서 인간 세상으로 내려오실 때
인간, 마리아의 몸에 잉태되시어, 마리아의 몸을 통해 태어나셨습니다.
그러므로 완전한 인성도 함께 갖추신 분이십니다.

곧, 참 하느님이시면서 또한 참 인간이셨습니다.
신성은 하느님으로부터 받으셨고, 인성은 마리아로부터 받으셨습니다.

이 참된 사실만으로도
우리가 그토록 사랑하는 예수님의 육신이 바로 마리아로부터 왔기에 예수님을 진심으로 사랑하는 사람이라면
마리아를 절대로 무시할 수도 없으며 또한 절대로 무시해서는 안 된다는 사실입니다.

그러므로 우리가 확실하게 깨달어야 할 것은,
성모 마리아를 무시하는 행위가
곧, 예수님을 무시하는 무서운 행위임을 깊이 명심
해야만 합니다.

우리가 결혼을 하면 남편의 어머니를 내 어머니로
모시고 공경함이 마땅한 도리입니다.

그런데 예수님을 신랑으로 모신 신자들이 예수님을
그토록 사랑한다고 말은 하면서 예수님의 어머니 즉,
시어머니를 공경하지 않고 무시하는 행동은
구제받을 수 없는 불효 막심한 인간으로서,

예수님을 진심으로 마음 깊이 사랑하는 것이 아니
라 다만 입으로만 사랑하는 거짓 신자들입니다.

옛말에, "아내를 사랑하면 처갓집 말뚝을 보고도
절을 한다"고 했듯이,
인간의 마음은 우리가 진심으로 사랑한다면 사랑
하는 사람의 모든 것을 사랑하도록 되어 있습니다!

남편을 많이 사랑한다면 너무나 고마워서 자연히 그 사랑만큼 시부모님께도 공경을 하게 됩니다.

남편을 사랑한다고 말하면서 시부모님을 무시한다면 그 남편에 대한 아내의 사랑은 결코 진심이 아닌 거짓 사랑이며, 대단히 뻔뻔한 막돼먹은 인간이라고 말할 수 있습니다.

또한 아내가 자기의 어머니를 공경하지 않고 무시한다면 남편의 입장에서 그런 아내를 진정으로 사랑할 수 있을까요?

그와 마찬가지로 예수님을 온 마음으로 사랑한다고 말은 하면서 인간을 위해 아들과 함께 고통을 당하셨던 그분의 어머니를 무시한다면 예수님의 마음이 어떠하실 까요?

주님의 제자들인 신부님들은
단 한 번 밖에 없는 자신의 일생 전부를 하느님께만 바쳐 드리며 오직 그분의 뜻을 이루어 드리기 위해 인간들을 하느님께로 인도하려고 동분서주하시는 분들로서 우리에겐 참으로 고마운 분들입니다.

그래서 우리는 신부님들과 함께 그 고마운 분을 낳아 주신 부모님들에게도 진심으로 감사하는 마음으로 깊은 사랑과 존경을 드립니다.

마찬가지로, 개신교 교우들도 예수님 닮은 삶을 살아가시는 존경하는 목사님이 계신다면, 그 목사님을 옆에서 보필한 부인과 또한 그런 훌륭한 분을 낳아 주신 그분의 부모님들께도 자연히 감사와 존경을 드리게 될 것입니다.

하물며, 지옥불로 떨어질 우리를 구해내기 위해 자신의 목숨까지 희생하신 참으로 고마우신 예수님을 낳아 주신 그 예수님의 어머니께 조금의 고마운 마음도 없이 존경은커녕 무시하는 행동이 예수님을 믿는 신자의 도리라고 생각하십니까?

은혜도 모르고 양심도 없는 참으로 뻔뻔한 거짓 신자들입니다.

예수님을 진심으로 사랑하는 자녀들이라면, 예수님과 함께 우리가 그토록 사랑하는

예수님을 낳아 주신 그분의 어머니께도 감사와 사랑과 존경을 올려 드림이 참으로 마땅하고 옳은 일이라고 생각할 것입니다.

진실한 신앙인이라면 도움을 받은 사람들에게 감사하는 마음을 가질 줄 알 것이고

또한 그러한 올바른 양심의 자녀들 만이 하느님의 참된 자녀라 말할 수 있습니다.

또한, 아내가 자신의 어머니를 진심으로 사랑하고 존경한다면 그 남편의 마음이 얼마나 행복하고 기쁘겠습니까? 아마도 너무나 고마워서 뜨거운 사랑으로 아내를 꼭 끌어안아 주리라 믿습니다.

그와 같이 예수님께서도 자신으로 인해 고통 속에 삶을 사셨던 자신의 어머니를 고맙게 생각하며 사랑하고 존경 하는 믿음의 자녀들에게

얼마나 뜨거운 사랑으로 당신 품 안에 꼭 안아 주시겠습니까!

더없이 행복해 하시리라 믿습니다.

그리고, 부모와 자녀들이 한 핏줄이듯, 예수님과 마리아도 한 핏줄이므로
예수님과 마리아를 결코 분리시킬 수가 없습니다.

또한, 무서운 사실은 우리가 누구를 무시할 때는 항상 자기가 상대방보다 잘났다는 교만한 마음이 있기 때문에 남을 무시하게 된다는 사실은 우리 모두가 인정합니다.

그런데 감히 예수님의 어머니를 무시하는 행동은 바로 인간인 자신이 예수님의 어머니보다 더 잘났다는 교만함이 마음 안에 가득차 있기 때문입니다.

이는 참으로 어리석고 한심한, 구제받을 수 없는 인간임을 스스로 깨달아야만 합니다.

이는 교만을 제일 싫어하시는 하느님 앞에 가장 무서운 죄악을 저지르는 행위라는 사실도 또한 명심해야만 합니다.

타락한 천사 루시퍼가 하느님 앞에서 교만을 떨다가 지옥으로 떨어진 사실을 우리는 압니다. 그 교만의 대가로 지옥이 생긴 사실도 우리는 압니다.

이토록 교만이란, 하느님께서 가장 싫어하시는 행동으로서 우리가 서로를 존중하지 않는 행위가 바로 교만이라는 사실을 또한 확실하게 명심하십시오!

그러므로 예수님의 어머니를 존중하지 않고 무시하는 행위가 얼마나 큰 죄인지를 우리는 반드시 깨달아야만 합니다.

또한, 죄 많은 인간도 부모에 대한 효도를 아는데 인간의 본이 되신 예수님께서는 자기를 낳아 길러 주신 어머니에 대한 사랑과 효심이 없으셨겠습니까?

예수님의 효심은 가나안 혼인잔치에서도 볼 수 있습니다.
한참 무르익은 혼인잔치 도중에 포도주가 떨어져, 집주인이 안타까워하는 모습을 본 마리아가,

잔칫집에 포도주가 다 떨어졌다고 아들 예수님께 알리며 부탁을 합니다.

그러자, 예수님께서는 어머니를 보시고,
"어머니, 그것이 저에게 무슨 상관이 있다고 그러십니까? 아직 제때가 오지 않았습니다"라고 어머니께 말씀하십니다
"그러나 마리아는 하인들에게 무엇이든 그가 시키는 대로 하여라"하고 일렀다…. (요한복음 2장 3~11절)

이렇게 아직 예수님의 때가 아니었음에도 불구하고 예수님은 어머니의 말씀에 순종하시며
물로 가장 좋은 포도주를 만들어 내는 기적을 행하시어 잔치를 흥겹게 잘 마무리할 수 있도록 도와주십니다.

이는 아들의 능력을 완전히 믿은 어머니의 그 굳건한 믿음과 어머니의 말씀에 순종하신 예수님의 순종의 결과로 이루어진 기적이라 말할 수 있습니다.

이러한 어머니에 대한 예수님의 효심으로
예수님의 첫 번째 기적이 바로 가나안 혼인잔치에서
이루어진 것입니다.

또한, 어머니에 대한 예수님의 애처로운 사랑은
바로, 그분의 마지막 순간인 십자가 위에서의 사건
입니다.

예수님께서 십자가 위에서 돌아가시기 전,
그토록 지친 고통 속에서 마지막으로 어머니에게
말씀하셨습니다.

"어머니! 제가 어머니의 아들입니다.

그리고 한 제자에게 이분이 너의 어머니이시다",
하시며 어머니를 그 제자에게 부탁하신 사실이 성경
에 분명하게 기록되어 있습니다. (요한복음 19장 26~27절)

이러한 사실만으로도

예수님께서 어머니를 얼마나 마음 깊이 사랑하셨는지와 또 이 세상에 혼자 남겨질 어머니를 향한 가슴 찢는 염려로 제자에게 눈물겨운 부탁을 하셨는지를 깨닫는 신자들이라면

예수님께서 그토록 애절하게 사랑하신 그분의 어머니 마리아에 대한 진심 어린 사랑과 존경을 드리지 않을 수 없을 것입니다.

이렇게 예수님의 그림자로, 조용히 인간을 위해 모든 삶을 바치신 예수님의 어머니를 무시하는 행위는 성경 말씀의 진리를 올바르게 깨닫지 못한 어린아이와 같은 신자라고 말할 수 있습니다.

이제, 우리가 분명히 다시 한번 명심해야 할 가장 중요한 사실은

인간 구원 사역을 이루시기 위해 하느님께서 직접 선택하신 마리아를 무시하는 행동은 바로 하느님의 생각과 그분의 선택을 무시하는 거대한 죄의 행위이며

또한 예수님의 몸이 마리아로부터 오셨기에 마리아를 무시하는 행동은 바로 예수님을 무시하는 무서운 행위임을 우리는 분명히 깨달아야만 합니다.

그러므로 예수님의 어머니이신 마리아를 무시하는 죄가 얼마나 대단히 큰 죄인가를 다시 한번 확실하게 마음 안에 되새기시어

지난날의 잘못들을 뉘우치고 무거운 죄의 멍에를 벗을 수 있기를 바랍니다.

종교 형식보다 중요한 사랑

개신교 목사님들과 말씀 나누고 싶습니다.

저는 6.25 전쟁 당시 피난처였던 부산에서, 개신교
(작은집)에 입교하여 권사의 직분까지 맡으며 50년을
신앙생활을 해왔다가, 지금은 천주교(큰집)로 이사 와
서 천주교에서 신앙생활을 26년 동안 하고 있는 평신
도입니다.

(천주교에서 개신교가 분가했으므로 큰 집과 작은집으로 말하고
싶습니다.)

그래서 저는 천주교와 개신교,
이 두 종교를 그 어느 누구보다 잘 알고있다고 자부
합니다.

이러한 저의 오랜 신앙생활의 배경을 통해 터득한 결과는,

천주교와 개신교는
한 아버지를 모신 친형제임을 확신하게 되었습니다.

그래서 천주교와 개신교의 아버지이신 하느님께 기쁨을 안겨 드리기 위해서는 먼저, 친형제 간의 아름다운 사랑을 보여 드림이 가장 큰 기쁨이 되시리라 생각했고

또, 친형제 간의 우애를 돈독하게 다지기 위해서는
오해하고 있었던 서로의 예배 형식을 이해함이 가장 중요하다고 생각했습니다.

그래서 이 문제점들을 함께 나누어 서로가 충분히 이해만 된다면

하느님께서 우리에게 내리신 가장 큰 계명이신 "서로 사랑하라"는 주님의 말씀을 모두가 기쁘게 실천할 수 있을 것으로 믿어 말씀드리려 합니다.

이렇게 친형제인 천주교와 개신교가 사랑으로 하나 된 아름다운 모습을 주님께 보여 드린다면,

하느님께서도 사랑으로 빛나는 우리들의 모습을 보시며 얼마나 기뻐하실까요?

이렇게 우리의 하느님 아버지께 기쁨을 안겨 드리기 위해,
우리 모두가 최선을 다해, 아름다운 사랑의 열매를 맺을 수 있기를 바라는 간절한 마음으로 이 글을 올립니다.

이제부터 제가 드리는 모든 말씀들은 지혜로운 선한 목사님들께 드리는 말씀이 절대 아닙니다.

다만, 성경 말씀에 대한 지식과 이해를 충분히 갖추지 못한 채, 천주교에 대해 많은 불만과 오해를 가지고 계신 목사님들께 드리는 말씀입니다.

인간은 원래, 모든 오해로부터 미움과 적대심과 불신이 생기는 법입니다.

성경 말씀과 천주교 교리에 미숙한 목사님들은, 하느님의 뜻에는 전혀 관심도 없이, 다만 하찮은 자신의 생각만을 주장하며 그 잘못된 생각들을 신자들에게 함부로 주입시킴으로 인해

많은 선한 하느님의 자녀들을 죄의 길로 이끄는 위험한 목자들에게
천주교에 대한 오해를 풀어 드리고 미워하는 마음의 자리에 사랑이 꽃피기를 바라며 말씀드리려는 것입니다.

천주교는, 예수님께서 제자 베드로에게 직접 천국의 열쇠를 맡기시며 교회의 반석으로 세우신, 바로 그 반석 위에 세워진 절대적인 예수님의 말씀만을 따르는 예수님의 직계 자손들의 종교입니다.

천주교는 이러한 참된 사실을 기반으로 예수님의 뜻에 따라 교회의 반석인 베드로를 초대 교황으로 세우고

"사랑으로 하나가 되라"고 명하신 주님의 말씀에 따라

로마 교황청을 중심으로, 지구상에 있는 모든 천주
교를 하나로 묶어, 매 주일마다 드리는 미사도, 온 세
계 어느 성당이든, 모두가 똑같은 성경 말씀으로 통
일하여 하느님께 미사를 올려 드리는 형식으로 이룩
한 교회입니다.

모든 미사 절차 또한 베드로가 행했던 그대로의 형
식을 이어받아 2,000년이 넘도록 시행하고 있는 완전
한 예수님의 정통 교회입니다.

만물의 아버지이신 하느님께서는
천주교가 이단이며 구원이 없다고 말씀하신 적이
전혀 없습니다.

개신교 목사님들께서는 천주교에 대한 예수님의 생
각을 알아보기 위해
단 한 번만이라도, 예수님과 진지하게 대화를 나누
어 보신적은 있으셨는지요?
만약에, 천주교에 대해 주님께 기도해 보셨다면,
예수님께서 어떻게 말씀하시던 가요?

예수님께서 천주교가 이단이라고 말씀하시던가요?
만일 그렇다고 하는 말을 들으셨다면

분명, 목사님은 사탄과 대화를 했음을 인정하십시
오.

왜냐하면, 예수님께서 직접 천국의 열쇠를 맡기신
베드로를 통해 이 땅 위에 세우신 교회를,

결코, 이단 교회로 만드실 허술한 하느님 이 전혀
아니 시기 때문입니다.

이렇게 많은 목사님들께서는 천주교에 대한 하느님
의 뜻을 알아보기 위해,
단 한 번의 기도조차도 하지 않았을 뿐만 아니라
하느님의 뜻은 완전히 무시하고
또한,
천주교의 교리에 대한 지식마저도 전혀 갖추지 못
한, 지극히 무지한 상태로 미개한 인간 자신의 생각
만을 주장하며

천주교는 이단 종교이며 우상을 섬기는 사탄의 교회라는 무서운 말까지 서슴없이 내뱉는 무식하고 경박스러운 목사님들이 있습니다.

이렇게 무례하고 몰상식한 목사님들의 언행은 바로 하느님 아버지를 치욕적으로 모독하는 행위이며 또한 하느님을 능멸하는 행위로서 감히 하느님 앞에 설 수도 없는 참으로 거대한 중죄라는 사실을 깊이 명심하시길 바랍니다.

또한, 이러한 무지에서 온 거짓 비판들을 신자들에세끼지 가르치는 위험한 목사님들로 인해

얼마나 많은 순수한 개신교 교인들이 죄의 길을 걷고 있는지 아십니까?

사랑하는 목사님들, 제발 명심하십시오!

"나를 믿는 작은 자 하나에게라도 죄 짓게 하는 자는 목에 연자 맷돌을 달고 깊은 물에 빠져 죽는 편이 낫다"라고 하신 주님의 말씀을! (마태복음 18장 6절)

지혜로운 참된 목사님들께서는

하느님의 분명한 뜻을 알기 전에는 그분께서 이루신 모든 일들을

인간인 자신의 생각대로 판단하고 또 그 잘못된 생각들을 순진한 신자들에게 가르치는 무서운 죄를 결코 짓지 않습니다.

모든 심판은 오직 만물의 주인이신 하느님만이 하실 수 있음을 또 한 번 명심하십시오!

그러나 그동안 지혜롭지 못했던 목사님들일지라도 이제부터는 사랑의 하느님께서 우리에게 내리신 첫 개명이신 “서로 사랑하라”는 말씀을 함께 실천하기 위해

천주교와 개신교가 형제 간의 오해를 풀고 서로 어깨동무하고 사랑을 노래하며

하느님의 집을 향해 함께 걸어가기 위한 사랑의 고리를 맺을 수 있기를 바라며

개신교 목사님들께서, 천주교 교리와 형식에 대해 많은 의문들로 오해하고 계시는 문제점들 하나하나를 풀어가 보려고 합니다.

제3장

천주교에 대한 오해에 답합니다

성체 성사에 대한 의문

천주교는 인간인 신부가 빵과 포도주를 예수님의 몸과 피로 변화시키는 사실에 대한 의문과 오해.

천주교 미사에서 가장 핵심인

성체 성사(빵과 포도주가 예수님의 몸과 피로 변화되는 예식)에 대한 개신교 목사님들의 의문과 비판들에 대해 말씀드리려 합니다.

천주교 미사(예배)는 2,000년 전, 예수님의 제자인 베드로가 그 당시 예수님께서 시행하셨던 모든 일들을 보고, 들은, 그대로 이어받아 내려오는 형식입니다.

예수님께서 제자들 곁을 떠나실 때 마지막으로 약속하신 말씀이 있습니다.

"내가 세상 끝날까지 항상 너희와 함께 있겠다"라
고 약속하신 주님의 그 말씀을 천주교 신자들은 완
전히 믿습니다. (마태복음 28장20절)

그러므로, 우리가 드리는 모든 미사(예배) 안에도 당
연히 예수님께서 우리와 함께 계시며 우리가 올려 드
리는 미사들을 아주 기쁘게 받으시고 계심을 믿습니
다.

신자들이 신부님과 함께 하느님 아버지께 미사를
올려 드릴 때면,
언제나 그분께서는 환한 미소로 우리의 미사 안으
로 기쁘게 찾아오십니다.
그리고 당신의 거룩한 영으로 가득 채워 주십니다.

특히, 미사 중 가장 핵심인 성찬 예식 때마다
신부님이 두 손으로 빵과 포도주 위로 축성(축복)하
시면서 이렇게 말씀하십니다.

"아버지, 간구 하오니, 성령의 힘으로 이 예물을 거
룩하게 하시어

우리 주 예수 그리스도의 몸과 피가 되게 하소서"
라 고 기도하시며 그 위로 십자가를 그으십니다.

이렇게 신부님이 하시는 모든 절차 안에는
하느님의 "영"이신 성령님께서도 함께 하시며

빵과 포도주 위로 당신의 신비로운 사랑을 넘치도
록 부어 주시며
축성(축복)해 주심으로써
빵과 술이 참으로 예수님의 몸과 피로 변화되었음
을 신자들은 완전히 믿습니다.

현세에도, 세계 곳곳에서 이러한 축성(축복)으로 빵
과 포도주가 예수님의 몸과 피로 변화되어 신자들의
삶 안에 놀라운 기적들로 나타나고 있음을 우리는
많이 봅니다.

성체의 기적에 대해 나 자신이 직접 겪은 사실 하나
를 소개해 드리겠습니다.

저희 부부는 매 주일마다 휴스턴 한인 성당에 출석합니다. 제가 아직도 성가대에서 봉사하고 있기 때문이기도 하지만 한국 성당에 나의 교적을 두고 있기 때문입니다.

(교적이란? 천주교인들은 영세(세례)를 받으면 바로 성당 교적에 등록이 됩니다. 이는 마치, 아기가 태어나면 바로 호적에 등록하는 것과 똑 같습니다.

그래서 다른 성당으로 옮기려면 교적을 떼어가야만 다른 성당에서도 확실한 천주교인임을 확인 후에 입적을 시켜 줍니다. 이는 천주교의 한 가족임을 증명하는 문서입니다.)

그러나 주중 미사는 집에서 가까운 미국 성당 St. John Vianney 성당에서 드립니다. 그 성당은 2천 명 이상 수용할 수 있는 참으로 아름다운 대성당입니다.

2024년 봄, 우리 부부가 매일 드리는 아침 9시 미사에 참석하기 위해 미국 성당에 가서 성전 안에 앉아 있었습니다.

그런데 갑자기 그 큰 성당이 흔들릴 정도로 거대한 괴성이 들려와서 신자들 모두가 너무나도 놀라 눈이

휘둥그레져서 서로를 바라보고 있었습니다.

그 소리는 성전 밖 복도에서부터 들려온 소리였습니다.

그 괴성은 참으로 엄청나게 컸으며 소름 끼치도록 괴상한 소리였습니다. 그런 소리가 가끔씩 3번 정도 들렸습니다,

그러자 즉시 몇 신자들은 그토록 거대한 소리가 성당 복도에 있는 바로 8살 정도 된 가냘픈 여자 아이입에서 나온 소리였음을 알게 되었습니다,

그 아이의 부모가 아이에게 "성체"라는 말만하면 괴성을 질러대었던 것입니다.

바로 그 전 주일은 어린 아이들이 처음으로 하느님의 몸을 받는 첫 영성체 날이었습니다, 그래서 모두가 가장 예쁜 옷들을 입고 첫 성체를 기분이 들뜬 가운데 기쁘게 받았으나

그 아이 만은 놀랍게도 성체만 보면 겁에 질린 채 괴성을 질러대서 도저히 성체를 줄 수가 없었답니다.

　그러나 그 아이 부모의 간절한 부탁으로 바로 다음 날인 그날 아침 미사에 신부님께서 또다시 시도하려고 했던 것입니다.
　평소에는 완전히 정상적인 아이여서 친구들과 함께 첫 영성체 공부를 잘 마쳤으므로 첫 영성체를 받게 되었던 아이였습니다.

　그러나 그날 아침에도 신부님이 성체를 주려고 들어 보여주기만 하면 기겁을 하며 괴성을 질러대었고 또 입을 두 손으로 꽉 틀어막고 잔뜩 겁에 질린 얼굴로 두 눈을 번뜩이며 성체를 거부함으로써

　신부님과 아이 부모가 합세해서 아무리 애를 써도 더 이상 성체를 줄 수가 없었습니다.

　아마도 그 가냘픈 아이 안에 있는 악한 영이
　예수님의 몸인 성체가 너무나도 두려워 그 아이의 입을 통해 그토록 거대한 괴성을 질러대었고,

　또한 두 눈을 부릅뜨고 잔뜩 겁에 질린 그 악한 영의 모습이 바로 그 아이를 통해 밖으로 나타났던 것

같습니다.

참으로 소름 끼치는 광경 이였습니다.

그 후 그 여자아이는 구마(驅魔, exorcism)를 받기 위한 절차를 밟고 있는 것으로 알고 있습니다.

그러한 놀라운 사실을 내 눈으로 내가 직접 보았습니다,

이렇게 그날 아침 미사에 참석한 교우들 모두는 참으로 살아 계신 주님의 몸인 성체의 놀라운 기적을 다시 한번 크게 체험한 날이었습니다.

(성체란? 신자들이 받는 성체는 백 원짜리 동전 크기의 작은 빵으로서 축성 받기 전에는 빵이었지만 하느님의 축성을 받고 나면 성체(예수님 몸)로 변화된 빵입니다.)

성경 말씀에 기록된 사실대로,
2천 년 전 예수님께서 직접 시행하셨던 성찬 예식을

보면,

　예수님께서 수난 전날 밤,
　제자들 과의 최후의 만찬상에서
　빵을 들어 축복하시고
　제자들에게 떼어 나누어 주시며 말씀하셨다.
　너희는 모두 이것을 받아먹어라
　"이는 너희를 위하여 내어 줄 내 몸이다."

　또 식사 후, 잔을 들어 감사의 기도를 올리신 다음
　너희는 모두 이것을 받아 마셔라.
　이는 새롭고 영원한 계약을 맺는 내 피의 잔이니
　죄를 사하여 주려고 너희와 많은 이들을 위하여 흘
릴 피다.

　"너희는 나를 기억하여 이를 행하여라"라고,
　분명히 말씀하셨습니다. (마태복음 26~26절, 누가복음
22~19절, 마가복음 14~22,24절)

　이렇게 예수님께서 "빵과 포도주로 인간들과 맺으
신 성찬 예식을 손수 행하시며 이 "성찬 예식을 기억

하고 행하라"라고 제자들에게 명령하신 그 말씀은,

현세대의 제자들인 신부님들에게도 빵과 포도주를 예수님의 몸과 피로 변화시킬 수 있는 권한을 또한 허락하신 것으로도 믿습니다.

2천년 전에도 예수님으로부터 기적의 권한을 부여 받은 제자들이 많은 기적들을 일으킨 사실들을 우리는 성경을 통해 잘 알고 있습니다.

그와 똑같은 권한을, 평생토록 하느님만을 위해 일 하시는 신부님들에게도 허락하셨음을 믿습니다.

주님께서 기적의 권한을 허락하신 사람들은 제자들뿐만이 아닙니다.
하늘나라를 위해 희생하신 많은 성인들도 주님의 권한을 부여 받아 일으킨 놀라운 기적들이 많이 있었음을 우리는 성경의 기록을 통해 잘 알고 있습니다.

그래서 현세대의 제자들이신 신부님들은 예수님의 그때 하신 말씀들을 그 당시의 제자들과 똑같이 받아들이며 또한, "이 일을 행하라"고 하신 그분의 말씀대로 시행하시는 분들이십니다.

또한 예수님께서 분명하게 말씀하셨습니다.

"나는 하늘에서 내려온 살아있는 빵이다." (요한복음 6장 51절)

"내 살을 먹고 내 피를 마시는 사람은 영원한 생명을 누릴 것이며
내가 마지막 날에 그를 살릴 것이다. (요한복음 6장 54절)

"내 살은 참된 양식이며 내 피는 참된 음료이기 때문이다" (요한복음 6장 55절)

"내 살을 먹고 내 피를 마시는 사람은 내 안에서 살고 나도 그 안에서 산다." (요한복음 6장 56절)

정말 잘 들어 두어라.
"너희가 사람의 아들의 살과 피를 먹고 마시지 않으면 너희 안에 생명을 간직하지 못할 것이다라고, 분명히 말씀하셨습니다. (요한복음 6장 53절)

그러므로, 천주교 신자들은 예수님께서 우리에게
말씀하신 대로
"내 살을 먹고 내 피를 마시는 사람은 내 안에서 살
고 나도 그 사람 안에서 산다"라는 주님의 그 말씀을
철저히 믿으며
매일 주님 안에 살기 위해 미사때마다 황홀한 마음
으로 기쁨에 넘쳐 예수님의 몸과 피를 받아먹고 마십
니다.

이렇게 성찬 예식은 예수님과 한 몸이 되는,
참으로 감격스럽고도 황홀한,
신비롭고도 아름다운 생명의 예식입니다.

또한, 성찬 예식은 하느님께서 우리 인간들에게 내
리신 최고의 선물이자 거대한 축복임을 확신하며 모
든 천주교 신자들은 깊은 감사로 받아들입니다.

예수님께서 빵(성체)과 포도주(성혈)로 우리와 맺은
성찬 예식에 대해 이토록 간곡히 말씀하시면서
"나를 기억하여 이 일을 행하여라"라고 거듭 당부
를 하신 이유는

예수님과 인간과의 사이에 성찬 예식이 얼마나 중요한가를 우리에게 말씀하신 것입니다.

성찬 예식은 바로, 예수님과 인간이 한 몸이 되는 거대한 사건입니다.

성찬 예식은 살아 계신 예수님을 직접 만나는 놀라운 기적의 순간입니다.

성찬 예식은 바로, 예수님과 인간이 하나가 되는 신비의 예식입니다.

성찬 예식은 예수님의 거룩함 안에서 우리도 거룩함을 입는 순간이므로
우리에게도 시행하라고 명령하신 참으로 소중한 예식입니다.

이토록 주님께서 단호하게 명령하신 이 거룩한 예식들을 개신교에서는 왜? 실행하지 않으시는지요? 참으로 안타까운 마음입니다.

가장 안타까운 사실은,

예수님 자신이 실제로 시행하시며 또한 너희도 시행하라고 명령하신, 이 성찬 예식이 성경 말씀의 여러 곳에 분명히 기록되어 있는데도 불구하고,

아직도 성찬 예식이 하나의 형식적인 것이라고 비판하며 이 예식을 사실로 믿고 시행하는 천주교인들을 어리석다고 비난하는, 참으로 믿음 없는 무식한 목사님들이 있습니다.

성경 말씀에 이 성찬 예식이 다만 형식적인 것이라고 말씀하신 곳이 그 어디에도 없습니다.

예수님께서 분명하게 실행하라고 명령하신 예식입니다.

그런데도 형식적이라고 말하는 목사님들은

예수님께서 심심하셔서 아무런 의미도 없는 형식적인 일을 우리에게 실행하라고 말씀하셨다는 말인가요?

참으로 믿음 없고, 오만하고, 무식한 불행한 목자
들입니다.

또한 이런 불의한 목사들의 언행은 바로-
주님께서 명령하신
"너희는 내 몸과 내 피로 맺은 이 계약들을 지켜 행
하라"고 말씀하신 주님의 명령에 대항하는 언행이며,
또한, 그분의 가르침을 하찮게 여기며 무시한 교만
한 생각이며,
동시에 비천한 자신의 생각만을 주장한 용서받지
못할 행위임을 명심하십시오!

그러므로 그러한 무모한 생각을 가지셨던 목사님들
은 예수님을 향한 자신의 오만한 생각과 비천한 언행
이 참으로 어리석었음을 깨닫고
마음 깊이 자신을 반성하시어 예수님 앞에 깊은 뉘
우침이 있으시 길 바랍니다.

이렇게 천주교 미사 예식에는 한없이 보잘것없고 어
리석은 인간들의 그 얄팍한 생각들은 조금도 섞이지
않은 완전히 순수한 믿음만을 올려드리는 미사입니다.

그래서, 주님께서는,

이러한 순수한 믿음의 자녀들에게 특별한 사랑으로 내려 주신 축복들이 있습니다.

그 축복 들은 신자들의 매일의 삶 안에 너무나도 크고 놀라운 기적들로 나타나고 있습니다.

그 기적들은, 바로 미사 때마다 예수님의 몸과 피를 먹고 마신 신자들 안에는 언제나 죄를 싫어하시는 예수님께서 우리 안에 함께 계심으로 죄를 짓기가 무척 어렵습니다.

또 순간직으로 죄를 지었다고 하더라도 내 안에 주님께서 계심을 즉시 깨우쳐 잘못을 곧바로 회개하게 됩니다.

그리고 또, 우리 곁에 아무리 잘못한 원수가 있어도 화를 낼 수가 없습니다.

우리 안에 모시고 계신 주님께서,

화 대신 사랑으로 감싸주라고 말씀하시기 때문입니다.

이렇게 그분께서는 우리 모두를 당신의 사랑받는 자녀들로 만들어가십니다.

그리고, 힘든 이웃에게는 나도 모르게 달려가 도움이 되도록 내 마음을 북돋아 주십니다.

또한 사랑이신 주님께서 내 안에 계시니 사랑의 마음이 솟구쳐 올라와
어려운 이들을 보면 그냥 스쳐 지나갈 수가 없도록 나를 이끄십니다.

그래서 또 하나의 보물을 천국에 쌓게 해 주십니다.

이렇게 미사 때마다 우리 안에 모신 주님의 성체와 성혈은 우리를 더러운 세상 삶에 물들지 않도록 항상 우리를 깨끗하게 지켜 주시어 우리를 천국 백성의 길로 인도해 주십니다.

그리고 주님께서 항상 내 안에 함께 계시니 내가 어디를 가나 무엇을 하나 쉽게 주님께 물어볼 수 있어서 언제나 마음이 든든합니다.

만약에 주님께서 내 안에 안 계신다면 내 삶이 얼마나 두렵고 불안하겠습니까? 저는 개인적으로 내 안에 예수님께서 안 계시면 일 분 일 초도 살 수 없는 존재입니다.

그런 면에서 저에게는 매번 미사 때마다 받아 모시는
예수님의 몸인 성체와 예수님의 피인 성혈은 곧 나의 생명이며 나의 모든 것입니다.
이렇게 예수님의 몸과 피는 내 생명을 유지하는데 절대적인 요소입니다.

또한 중요한 사실은 주님께서 내 안에 살아 계시니 언제나 천국만을 생각하게 하십니다. 그래서 인간 세상의 삶에 크게 관심을 갖지 않게 하십니다.

언제나 천국만을 바라보게 하시니 너무나 행복한 희망으로 삶을 즐겁게 해 주십니다.
이렇게 내 안에 계시는 주님께서는 항상 나를 축복의 길로 인도하시고 계십니다.

이러한 놀라운 축복들은 오직 나만의 축복이 아닙니다.

천주교 신자들 대부분이 나와 똑같은 축복 안에서 살고 있습니다.

이제, 슬기롭지 못한 목사님들께서는 둔탁한 인간 자신만의 생각을 버리시고

"겨자씨 한 알만 한 믿음만 있어도

이 산 더러 여기서 저기로 옮겨 저라, 해도 그대로 될 것이다."라고 말씀하신, (마태복음 17장 20절)

주님의 그 믿음의 기적을 기억하시고 믿으십시오!

이렇게 예수님께서 몸소 행하셨던 그대로를, 또 그분의 뜻에 따라 시행하라고 명령하신 그대로를 시행하는 완전한 천주교 미사에 불만을 말씀하시는 목사님들은,

곧, 예수님이 행하셨던 모든 행적들에 불만을 갖고 있다고 말하는 것과 같습니다.

천주교에서는 개신교의 예배 절차에 대해 전혀 불평을 말하지 않습니다. 왜냐하면 하느님의 뜻이 어디에 계시는지 알 수 없기 때문입니다.

혹시 하느님의 뜻이 아닌 인간인 나 자신의 생각으로 불만을 말했다 가는 하느님 앞에 큰 죄를 짓는 일이 발생할 수가 있기 때문에 절대로 하느님의 참뜻을 알기 전에는
남의 종교에 대해 불만을 함부로 말하는 어리석은 일은 결코 하지 않습니다.

이렇게 신부님들과 모든 천주교 신자들은 예수님의 말씀만을 충실히 믿고 따르는 예수님의 참된 제자들이시며 또한 참된 양들입니다.

왜, 예수님을 그토록 사랑하시는 목사님들께서는 예수님의 말씀들을 그대로 믿지 않으시고 또 그분의 행함 들을 그대로 따르지 않으시는 지요?

요한복음(6장 48~51절)을 보면
예수님께서 "나는 생명의 빵이다. 이 빵을 먹는

사람은 누구든지 죽지 않고 영원히 살 것이다.”라고 말씀하셨을 때,

유다인들은 이 말씀을 절대로 믿지 않았습니다.

그러나 천주교 신자들은 2천 년 전이나 지금이나 절대적으로 믿습니다.

이렇게 천주교의 미사 절차에는 인간들의 생각이라고는 티끌만큼도 감염되지 않은 깨끗하고 순수한

오직 하느님만을 향한 굳건한 믿음만을 올려드리는 참으로 아름다운 미사 예식입니다.

이러한 천주교의 성찬 예식을 비난하시는 목사님들은 좀 더 많은 기도와 성경에 대한 지식을 갖추시어,

주님의 뜻을 바르게 깨달아, 자신의 얕은 지식과 어리석은 좁은 생각을 다시 한번 뒤돌아볼 수 있는 기회가 되시길 바랍니다.

이제 천주교 미사 중에 거행하는 성체 성사에 관해 조금이라도 이해가 되셨다면 오해를 푸시고 친형제 간에 사랑의 열매가 맺어지기를 소망합니다.

우상 숭배 논란

천주교는 우상을 섬긴다?

천주교는 예수님, 성모님 등의 동상들을 만들어 절하는 행위가 우상을 섬기는 행동이라고 말하시는 목사님들께 설명 드리려고 합니다.

근본 인간의 두뇌는 눈에 보이는 어떤 형상이 있어야만 의지하고 사랑하며 부탁도 하게 됩니다.
형상이 없는 허공에 대고는 아무런 감정도 느끼지 못하도록 인간 두뇌가 형성되어 있습니다.

인간의 정신 한계 또한 보이지 않는 막연한 그 어떤 것에는 절대로 의지하며 자신을 기댈 수가 없으므로 영적으로 전혀 무감각한 상태로 인간의 정신이 형성되어 있습니다.

이러한 한정된 인간의 두뇌를 아시는 하느님께서는,
하느님 자신의 에너지 파워가 너무나도 강해서
인간들이 하느님의 모습을 직접 보게 되면 죽게 됨
으로

인간들을 위해 자신의 모습대로 아들 예수님을 만
드시어 인간 세상으로 보내주시며
우리에게, 그를 보고, 그를 믿고, 그에게 의지하고,
또 부탁하며, 그에게 기도하고 또한 그를 사랑하라고
우리에게 당부하시며 보내주신 하느님의 형상이십니
다.

그래서 우리는 예수님의 형상을 보고 그분을 하느
님으로 믿고
그분이 마치 내 옆에 계신 것처럼 다정하게 우리들
의 고통도 그분과 함께 나누며 기도로 부탁도 드리고
또 그분께 완전히 우리의 삶을 의지하며 그분을 사
랑하게 되었습니다.

위의 말씀들이 제 생각으로 하는 말들이 절대 아닙
니다.

분명히 성경 말씀에 나와 있는 말씀입니다.

"아버지와 나는 하나이다."라고 예수님께서 말씀하셨습니다. (요한복음 10장 30절)

또, 제자 빌립보가 하느님 아버지를 보여 달라고 하자 예수님께서 말씀하시길
"나를 보았으면 곧 아버지를 본 것이다."라고 예수님께서 대답해 주셨습니다. (요한복음 14장 8~9절)

이렇게 예수님은 곧, 하느님의 형상을 입으시고
우리의 미개한 두뇌에 도움을 주시려고 우리에게 보내주신 참 하느님의 형상이십니다.

이렇게 하느님께서 직접 우리에게 허락하신 천국 가족의 형상들에게 감사로 경의를 표하기 위해 절하는 행위는 우상을 섬기는 행동이 전혀 아닙니다.

분명히 구별하십시오, 우상이란?
삼위 하느님이 아닌,

하느님께서 만드신 피조물들에게 나, 또는, 떠돌아 다니는 잡귀신들에게나 또는, 짐승들 형상에게나, 마 귀들의 형상을 만들어 기도하는 것들을 의미합니다.

목사님들, 이제부터는 우상의 뜻을 분명히 구별하 시기를 바랍니다.

천주교에서 천상 가족들의 모습을 동상으로 만든 이유는

뇌의 기억 상태가 불완전해서 항상 쉽게 잊어버리 는 두뇌를 가진 인간들이기에 하느님께서 보내주신 천상 가족들의 모습들을 잊지 않기 위해 동상으로 만들었고

또, 그분들께 감사와 고마움을 전하는 마음으로 자신의 몸을 숙여 겸손하게 절을 함으로써 천상의 가족들에게 참된 예의를 갖추는 것입니다.

이렇게 천상 가족들의 동상 앞에서 예의 바른 공손 한 모습을 보며

우상 앞에 절한다고 비난하는 목사님들은

지금 자신이 얼마나 무서운 중죄를 짓고 있는지 아 십니까?

바로, 하느님의 자비로움으로 우리에게 보여주신 예수님의 형상과 모든 천상 식구들의 형상과 또한 예수님의 고난을 기억하기 위해 만든 십자가 형상까지, 이 모든 천상의 형상들을

"우상"이라고 말하고 있는
대단히 무서운 중죄를 짓고 있음을 깨닫기를 바랍니다.

하느님께서는 다만, 어떤 형상을 보아야만 의지할 수밖에 없는 미약한 인간들에게 도움이 되게 하시려고 하느님의 가족들뿐만 아니라
천국에 살고 있는 모든 이들을 알려 주시기 위해 천사들의 모습까지도 우리에게 보여주신 것입니다.

그러니 천주교에서 예수님의 동상을 만들고 그 앞에서 주님의 고난을 묵상하며 깊은 경의를 표하기 위해, 그리고 감사의 마음을 전하기 위해
자기의 몸을 숙여 절을 한다고 해서 우상 앞에 절한다고 비난을 하는 목사님들은

자신의 무지와 오만한 언행을 되돌아보시고, 깊은
반성의 시간을 가지시길 바랍니다,

다시 말씀드리자면,
예수님의 형상은 하느님께서 우리를 위해 허락하신
모습입니다.

그래서 신자들이 예수님의 모습을 잊지 않게 하기
위해 동상으로 만든 것이며

또한 많은 사람들에게 구원자 예수님의 모습을 알
려주기 위함이기도 합니다.

그리고 하느님의 자비로우신 배려로 우리에게 보내
주신 모든 천상 가족들의 모습들 또한, 잊지 않고 기
억하기 위하여 동상으로 만든 것이며

또한, 십자가 형상도 예수님의 수난을 마음속에 깊
이 간직하고 또 그분의 뜨거운 사랑을 기리기 위해
만든 기독교의 상징으로서

모든 기독교 성전 지붕의 제일 높은 곳에 십자가 형
상을 만들어 세워 놓습니다.

그 뜻은, 이곳은 하느님 집이라는 것을 세상에 알
리기 위함입니다.

그래서 모든 그리스도교 교인들은 십자가 형상을
만들어
개신교 교회의 지붕 제일 위와 교회 안에도 제일
앞에 세우고
또 천주교 성당 지붕의 제일 위와 천주교 성전 안에
도 제일 앞에 세워 놓습니다.

또한 고난의 십자가 형상을 목걸이로도 만들어, 개
신교 교인들도 천주교 교인들도 목에 걸고 보호받고
있다는 위안을 얻고 있으며

예수님 모습의 사진도 개신교 교인이든 천주교 교인
이든 모든 그리스도 신자들의 집집마다 소유하고 있
으며 마음의 평화를 얻고 있습니다.

이렇게 인간들에게 도움을 주시려고 보내주신 천상 식구들의 형상과 모든 성스러운 표징들을 모두 우상 이라 말하는 것은

하느님께서 우둔한 두뇌를 가진 인간들을 위해 베 풀어 주신 하느님 아버지의 따뜻한 배려를 완전히 무 시하는 행동이라 생각되지 않으신가요?

또한, 우리를 위해 겪으셨던 예수님의 그 처참한 고 통들을 기억하며 예수님의 동상과 고난의 십자가 앞 에서 참으로 큰 감사와 존경의 표시로 자신의 몸을 숙여 경의를 표현함이 옳은가요?

아니면 예배당 안 제단 앞에 세워진 고통의 십자가 를 보면서도 조금의 감사와 존경함이 없이

모르는 동네 아저씨 보듯, 십자가 앞을 휙 지나쳐 버리는 태도가 맞는지요?

신자들 각자의 생각에 맡기겠습니다.

그러므로, 예수님 동상 앞에 절하는 것이 문제라면

그분께 감사와 사랑으로 경의를 표하는 겸손의 행위이므로 찬사를 받을 일이지!

감사도 모르는 막돼먹은 행위가 아니므로 결코 지탄받을 일이 전혀 아니라고 생각합니다.

하느님께서 인간의 양심에 심어 주신 인간의 도리를 올바르게 행하며

하느님 아버지께 대한 예의를 갖출 줄 아는 신자의 태도가 바로 참된 하느님의 자녀라 생각합니다.

이렇게 미개 하기 그지없는 자신의 무모한 생각만으로 남의 종교를 더구나 똑같은 아버지를 모신 친형제의 집안을 우상을 섬기는 교회라는 터무니없는 비판을 해가며,

순진한 교우들까지도 하느님의 뜻이 아닌 자기의 생각만을 주입시키는 너무나 위험한 목사님들께서는 다시 한번 자신을 돌아볼 수 있는 계기가 되시길바라며

좀 더 깊이 있는 성장된 믿음을 갖기 위해 하느님께 지혜의 축복을 구하는 기도가 필요하다고 생각합니다.

천주교는 성모 마리아를 믿는 종교다?

천주교는 성모 마리아를 믿는 종교다?

천만에 말씀입니다.

천주교는 오직 야훼 하느님 아버지와 그분의 외아들 예수 그리스도와 성령님만을 믿는 참 그리스도의 종교입니다.

그래서 천주교 교인들은 미사(예배)를 시작할 때, 제일 먼저 성삼위께 드리는 "성호"를 바칩니다.

하느님 아버지께 드리는 성호를 이마 위에 성자 예수 그리스도께 드리는 성호를 심장이 있는 가슴 한 가운데,

그리고 성령님께 드리는 성호를 양쪽 어깨 위에 바쳐드리며,

오직 삼위만을 위한 미사임을 고백하며 예배를 시작합니다.

성호란? 하느님께 드리는 성스러운 표시로서 우리는 오직 삼위일체이신 하느님 아버지와 성자 예수 그리스도와 성령님의 자녀라는 사실을 알려드리는 표시 입니다.

이 성호는 미사 시작할 때나, 성전 안으로 들어갈 때나, 기도를 시작할 때와 끝날 때 항상 오직 삼위일체이신 주님만을 믿는,

주님의 자녀임을 확인해드리는 표시입니다.

이 성호 표현만으로도
천주교는 오직 삼위일체이신 하느님만을 믿는다는 확실한 증거의 표시입니다.

이렇게 철저하게 하느님만을 믿는 그리스도의 종교를

인간이셨던 마리아를 믿는 종교라고 거짓을 가르치는 목사님들께서는 자신의 무식이 더 이상 탄로 나기 전에 천주교에 대한 지식을 좀 더 쌓으신 후에 교인들을 지도하심이 옳다고 생각합니다.

또한, 하느님의 자녀들에게 하느님의 뜻이 아닌,
인간인 자신만의 생각을
또한 진실이 아닌 거짓을 가르친 목사님 들에게는
참으로 무거운 죄의 형벌이 가해지리라는 사실 또한 깊이 명심하시길 바랍니다.

성모 마리아는 앞에서 말씀드렸듯이 우리를 죄의 소굴에서 구해내시기 위해 죽기까지 하신 참으로 고마우신 예수님을 낳아 주신 예수님의 어머니이시며

또한, 천국에서 하느님 아버지와 아들 예수님과 한 가족으로서 그분들과 가장 가까이 계시는 분이시기에 하느님께 드리는 내 기도의 결과를 확실하고 빠르게 얻기 위해 마리아께 협조를 부탁드리는 기도입니다.

마치, 육신의 아버지께 내 청을 부탁드리기 어려울 때 엄마에게 부탁해서 아버지를 잘 설득하여 내가 원하는 것을 얻을 수 있도록 도와달라고 부탁하는 것과 똑같습니다.

천주교 교인들이 성모 마리아를 하느님처럼 믿으며 마리아께 기도하는 것이 아니라,
다만, 마리아는 우리의 기도를 위해 우리와 함께 아버지께 기도드려 주시는 분일 뿐입니다.

그러나 천국 어머니 이신 마리아와 함께 올려 드리는 기도는 참으로 놀랍고도 강력한 힘의 기적을 보여 주십니다.
그 이유는, 예수님의 어머니이시며 또한 인간 모두의 어머니 이신 마리아께서는 자녀들인 인간 모두의 영혼 구원과 삶의 평안을 위하여 쉼 없이 하느님께 기도드려 주시는 분이시기 때문에 엄마께 더 매달리며 부탁하는 자녀들을 위해 더 많은 기도로 도와 주시기 때문 이리라 믿습니다.

이제, 천주교는 오직 성삼위이신 하느님만을 아버지로 믿는 종교임을 확실히 말씀드렸으니,

목사님들께서는 위의 사실들을 명심하시어 앞으로는 실수 없이 개신교의 어린양들을 올바르게 인도하는 선한 목자가 되시길 간절히 부탁드립니다.

천주교 고백성사에 대한 의문

천주교 교인들은 죄를 하느님께 직접 고하지 않고 인간인 신부에게 죄를 고하고, 또 죄 사함도 인간인 신부로부터 받는다?

개신교 목사님들께서는 천주교 교인들은 죄를 인간인 신부에게 고하고 또 인간인 신부에게서 용서를 받는다고, 개신교 교인들에게 가르치십니다.

그 가르침은 천주교의 고백성사(죄의 고백)에 대한 지식이 전혀 없는 무지한 목사님들의 교육입니다.

구약 성경을 보면 하느님께서는 성소 안에도 거하셨고, 또 장막 안에도 거하셨고 하느님의 궤 안에도 거하셨다고 말씀하셨습니다.

그래서 천주교에서는 오랜 전통을 이어 온 대로 인간들이 죄를 고백하는 고백소 안에도 하느님께서 거하시며 신부님과 함께 우리들이 하는 죄의 고백들을 모두 다 듣고 계신다고 믿습니다.

그러므로 천주교인들 또한 하느님께 직접 죄를 고백하는 형식입니다.

다만, 신부님께서 하시는 일은,
하느님과 죄를 고백하는 사람의 중간에서 중계자의 역할만을 하실 뿐입니다.

중계자의 역할이란?
예를 들면, 우리가 죄를 모두 고백하고 나면 신부님께서는 그 죄에 대한 증거자가 되시며 또 그 죄에 대한 합당한 "보속(補贖)"도 고백자에게 주십니다.
("보속(satisfaction, penance)"이라는 단어는 자기가 지은 죄를 깨끗하게 씻어 내기 위해 지은 죄에 대한 값을 치르는 행위를 말합니다.)

또 하나의 신부님 역할은, 죄를 고백하는 사람에게
그 죄를 더 이상 짓지 않도록 도움이 되는 많은 덕담
들도 말씀해 주십니다.

그리고 또한 이렇게 말씀해 주십니다.
"주님, 이 교우의 죄를 용서해 주십시오."라고,
하느님께 우리들의 죄의 용서를 위하여도 빌어주십
니다.
그러므로 죄 고백자 혼자 하느님께 죄의 용서를 비
는 것이 아니라 죄를 고백하는 사람과 신부님과 두
사람이 하느님께 죄의 용서를 빌게 되는 것입니다.

그리고 마지막엔,
성부님, 성자님, 성령님께서 당신의 죄를 용서해 주
셨으니
하느님께 감사드리고 다시는 죄를 짓지 않도록 하시
고
"편안한 마음으로 돌아가십시오."라고, 말씀해 주
십니다.

이렇게 천주교 교인들의 죄의 고백은 매우 공개적이며 체계적으로 정리된, 합법적인 죄의 고백이라 말할 수 있습니다.

그래서 천주교인들은 죄의 고백을 매우 신중하게 여기며 매우 철저하게 고백하며 또한 죄에 대한 대가도 확실하게 지불해서

지은 죄들에 대해 완전히 용서를 받아 자신을 깨끗하게 유지하도록 노력합니다.

이러한 천주교 죄의 고백 형식에 반해,

개신교 교인들은 본인 혼자 하느님께 죄를 고백하고, 또 지은 죄에 대한 어떤 대가도 치르지 않으며,

용서도 본인 혼자의 생각대로 받으며, 아주 간단하게 죄들을 해결하며 살아 갑니다.

나도 개신교 교인이었을 때는 그렇게 해 왔었습니다.

이러한 죄 사함의 방법도 바쁜 세상을 살아가는 현실에 많은 도움이 됩니다 만,

그러나 한가지 염려되는 것은

자기의 죄를 하느님 외에는 아무도 모르니 그 어떤 사람에게도 그 죄에 대한 부끄러움이 없을 것이고,

또한 전혀 자기의 죄를 발설하지 않으시는 하느님께만 죄를 고백했으니 아무도 자기 죄를 알 리가 없을 테니 마음이 편하고,

지은 죄에 대한 그 어떤 대가도 치를 필요가 없으니 신경 쓸 일이 없고

용서도 누가 이래라 저레라 하는 간섭자가 없으니 자기 생각대로 자기 마음에 내키는 대로 용서를 받는 형식입니다.

이렇게 죄의 고백을 본인 혼자서 처리할 수 있는 너무나도 쉬운 방법이다 보니, 또다시 자기의 죄를 쉽게 범할 수 있지 않을까? 하고 염려가 될 뿐이지,

개신교의 죄 사함에 대해 절대로 잘못된 죄의 고백이라고 불평을 하는 것이 아닙니다.

죄를 하느님께 고백하면 하느님께서는 자비로우시

니 다 용서해 주신다고 믿고 하느님께 죄를 고백하는 것이니, 개신교의 형식에도 전혀 잘못된 죄의 고백이 아니라고 생각합니다.

개신교의 죄 고백의 형식은
개신교 창시자 마르틴 루터(Martin Luthe) 신부님 이 현대에 맞게 간단하게 제정하셨고

천주교 죄 사함의 형식은
초대 교회에서부터 내려오는 전통의식대로 행하는 것으로서 다만 형식만 다를 뿐이지
하느님께서는 다 똑같이 너그러이 용서해 주실줄 믿습니다.

이렇게 천주교의 죄의 고백이나 개신교 죄의 고백이나 하느님 앞에서는 똑같이 아름다운 죄의 고백이라 믿어
이 두 종교 모두가 시행하는 죄의 고백과 용서받음에는 전혀 잘못됨이 없다고 생각합니다.

인간 삶의 모든 일들은 하느님만이 하시는 일이시
니 하느님의 참뜻을 알 수 없는 인간이 감히 그 어느
형식에도 불평을 말할 수는 없습니다.

그러한 개신교의 죄 사함의 형식에 반해 천주교의
죄사함의 형식은 너무나 까다롭고 힘든 단계를 거처
야만 합니다만,

그 힘든 고백 절차 안에는 너무나도 많은 장점들이
있습니다.

천주교 고백성사의 장점

천주교 교인들의 고백성사(죄의 고백)의 장점들을 나름대로 나열해 보겠습니다.

첫째, 내 죄를 다 알고 계시는 하느님 앞에서 와 또, 인간인 신부님 앞에서 죄를 고백하는 일이기에 정직하게 자신의 죄를 철저히 고백해야 함으로

부끄러운 죄라도 있는 그대로를 생각만으로가 아니라, 직접 말로서 고백해야만 하는 큰 어려움이 있습니다.

그래서 죄를 고백하자면 양심의 회개와 함께 많은 마음의 준비가 필요합니다.

이렇게 고백성사(죄의 고백)를 한 번하는 일이 너무나 힘들어서 많은 교우들은 죄를 짓지 않으려고 최대로

노력합니다.

　이러한 죄의 고백 형식은 우리가 죄의 길을 피하도록 도와주는 참으로 대단한 장점입니다.

　둘째, 미사 때마다 받아 모시는 성스러운 주님의 몸인 "성체"와 주님의 피인 "성혈"은 죄를 품고 있는 더러운 상태로는 절대로 받지 못하게 되어 있음으로
　주님의 몸과 피를 받으려면 내 안에 죄를 깨끗이 씻어내야 함으로 죄를 지을 때마다 죄 사함(고백성사)을 받아야만 하는 큰 어려움이 있습니다.

　그래서 될 수 있는 한 죄짓는 일들을 피하려고 애씁니다.
　이 법규 또한 죄를 멀리하여 항상 자신을 깨끗하게 유지할 수 있도록 도와주는 큰 장점입니다.

　셋째, 죄를 지으면 또 그 죄에 대한 대가도 분명하게 치러야만 하므로 어려운 보속을 받게 되면 때로는 그 대가를 시행하기 힘들어서도 죄를 짓지 않으려 노력합니다.

이 규정 또한 우리가 죄를 멀리하도록 도와주는 하나의 큰 장점입니다.

넷째, 죄를 하느님께 고백하는 일은 크게 마음에 부담이 안 되는데, 신부님이란 사람에게 부끄러운 죄를 고백해야만 하는 것이 아주 큰 고역이라고 합니다.
그렇게 나를 잘 아는 사람에게 부끄러운 죄들을 고백하는 일이 너무나 힘들어 다시는 죄를 짓지 않겠다고 다짐하는 교우들도 많다고 합니다.

이는 고백소 안에 하느님과 함께 인간인 신부님이 계시므로 인해 죄를 멀리하는 데, 인간인 신부님의 존재가 너무나도 큰 도움이 됩니다.

다섯째, 아무리 바빠도 일 년에 2번은 의무적으로 고백성사를 해야만 합니다.
예수님 탄생(성탄일) 전과 예수님 부활(부활 주일) 전에는 반드시 고백성사를 해서 자신을 깨끗하게 유지해야만 하는 것이 전 신자들의 의무입니다.

만약에 그때에 고백성사를 못 한 신자들은 가장 큰

경축의 날인 주님 성탄 주일과 주님의 부활 주일인 제일 성스러운 미사에서

예수님과 한 몸이 되는 성체와 성혈(예수님의 몸과 피)을 받아 모실 수 없는 불행이 있습니다.

그래서 모든 천주교 신자들은 일 년에 두 번은 철저하게 고백성사를 시행합니다.

이러한 힘든 죄의 고백 형식들로 인해 신자들이 얻는 가장 큰 장점은 바로, 죄 짓는 일을 멀리하게 되어 자신의 삶을 깨끗하게 유지하도록 노력함으로써 주님의 사랑 받는 자녀로 살아가는데 크게 도움이 되어지는 가장 큰 장점이 있습니다.

또한, 이러한 정결한 모습들은 참으로. 하느님께서 기뻐하시는 아름다운 자녀들의 모습이라 생각 합니다.

이렇게 천주교 교인들을 하느님 앞에 티 없이 깨끗한 마음으로 주님 탄생을 맞이하고 또 흠없는 깨끗한 모습으로 주님의 부활을 맞이할 수 있는 축복된 길로 이끌어주는 천주교의 신앙교육은 참으로 자랑스럽습니다.

개신교 교우들도 위에 나열한 죄 사함의 장점들을 읽어 보시고 천주교의 죄 용서 방식이 좋다고 생각되시면 죄의 고백만 천주교에 오셔서 하셔도 되리라 믿습니다.

왜냐하면 우리는 한 형제자매들이니까요.

저도 가끔 개신교 부흥회에 가서 훌륭한 목사님들의 설교를 듣고 많은 은혜도 받습니다.

똑같은 하느님 아버지의 말씀에 은혜 받고 또 똑같은 하느님 아버지께 죄를 고백하고 확실하게 용서를 받는 일이니 하느님께서도 기뻐하시리라 믿습니다.

묵주기도에 대한 의문

천주교의 묵주기도에 관해 불만을 말씀하시는 목사님들께 말씀드립니다.

묵주기도의 가장 중요한 핵심을 말씀드리자면,

사도신경과 주의기도(주기도문)로 시작하는
묵주기도 안에는
예수님의 잉태로부터 탄생과 모든 사역과 기적 그리고 수난과, 죽으심과, 부활과 승천하심과 성령님을 우리에게 보내주심까지의
예수님 전 생애를 펼쳐 놓은 너무나도 아름다운 기도입니다.

또한, 주님 세례 받으심과, 가나안 혼인잔치에서의

첫 기적을 행하심과 그리고 군중들에게 말씀을 전하심과 또한 다볼산에서의 변모 사건과 우리를 위해 성체 성사를 세우심과,

예수님의 피땀 흘리신 고난과 매 맞으심과 가시관 쓰심과 십자가를 지고 가심과 그 십자가 위에서의 죽으심과 그리고 부활과 승천하심과 성령을 우리에게 내려 주신 사건까지,
예수님의 일생의 모든 사건들이 신비로이 담겨 있는 기도가 바로 묵주기도입니다.

그리고, 이러한 거대한 역사를 이루신 하느님과, 그분의 말씀에 순종으로 응답하심으로써 넘치는 은총을 받은 마리아께 축하의 노래로 드리는 기도이며

또한, 하느님 아버지와 예수님과 성령님과 한 가족으로 살고 계신 어머니 마리아께
저희도 천국의 집에 한 가족의 일원으로 살 수 있도록
지금과 우리가 죽는 순간까지도 우리와 함께 계시며 우리를 위해 기도해주시길 부탁드리는 기도 또한

묵주기도 안에 담겨 있습니다.

이렇게 천주 교인들은 묵주기도를 통해 매일 예수님의 일생을 되새기며 또 그 기도 안에서 우리의 지난 삶을 돌아보고 바른길을 찾아갈 수 있도록 우리를 인도하는 참으로 고마운 기도입니다.

이렇게 묵주기도 시간은 내 영혼이 천국 식구들을 만나며 성경 속의 모든 사건 들을 되새겨 보는 참으로 값진 시간이기도 합니다.

모든 개신교 목사님들과 개신교 교인들께서도 하느님 아버지 집에서 성령님과 예수님과 어머니 마리아와 함께 천국 가족의 일원으로 살고 싶으시다면 묵주기도를 추천해 드립니다.

그러나 아직도 예수님의 어머니를 본인의 어머니로 받아들이기 싫다면 받아들이지 마십시오.

평안감사도 자기가 싫으면 그만입니다.

그러나 예수님과 한 가족이 되고 싶다면 예수님의 어머니 마리아를 자신의 어머니로 모셔야만 그 가정의 일원으로서 완전한 천상 식구가 되는 것입니다.

어머니가 다른 가족들은 아주 먼 ~ 촌수 보다 더 먼 ~ 사이임을 우리 모두가 인정합니다.

이제, 묵주기도에 대한 오해가 해결되셨기를 바랍니다.

제4장

한 가족으로서의 공존을 위하여

목사님들께 전하는 참 신앙

예수님께서 태어나실 때 오직 마리아의 몸만 빌렸다고?

어떤 목사님들은 예수님의 탄생에 대해 너무나도 황당한 무식한 말씀을 하십니다.

성경 말씀에 분명히 언급하신, 예수님의 탄생과 성장 과정을 완전히 무시한 채 예수님께서 탄생하실 때 오직 마리아의 몸만 빌려서 태어나셨다는…

너무나도 어처구니없는 엉뚱한 자신의 생각을 신자들에게까지 교육시키는 참으로 성경 말씀에 무지(無知)한 위험한 목사님들에게 말씀드립니다.

　분명히 성경 말씀에 기록되어 있는 예수님의 성장 과정 사실들을 말씀드리자면,

　예수님은 완전한 하느님이시면서 또한 완전한 인간이셨기에 인간으로서의 예수님의 성장 과정은 인간과 똑같은 성장 과정을 거치시며,

　다른 사람들과 똑같이 여드렛날에 할례도 받으셨고 세례도 받으셨고 다른 사람들과 똑같이 첫아들을 주님께 바쳐야 된다는 율법에 따라 예수님을 주님께 봉헌도 하셨고 해마다 과월 절이 되면 부모님을 따라 예루살렘으로 가서서 명절도 지내셨고

　다른 사람들과 똑같이 부모님께 순종하시고 아기는 날로 튼튼해지며 지혜가 풍부해지고 하느님의 은총을 받았다고 성경 말씀에 분명히 기록되어 있습니다. (루가 복음 2장 21~23절, 40절)

　그 말씀을 풀이하자면, 우리와 똑같이 태어나셔서 우리와 똑같이 어머니의 모유를 먹고 우리와 똑같이

부모님의 보살핌을 받고 부모님께 순종하시고 우리와 똑같은 성장과정을 거치시고 자라시며 예수님의 몸과 지혜가 날로 자라나셨다는 말씀입니다.

우리와 똑같은 성장과정을 겪은 예수님을 오직 마리아의 몸만 빌렸다고 말한다면
예수님은 태어나셔서 모유도 안 잡수시고 잠도 한 번 안 주무시고 부모의 보살핌을 전혀 받지도 않고 저절로 성인으로 성장하셨다는 말입니까?

그렇다면 예수님께서 완전한 하느님이시며 또한 완전한 인간이셨다고 하신 성경 말씀과,

또한 인간과 똑같은 성장과정을 겪으며 자라나셨다고 하신 성경 말씀을 완전히 거짓 말씀으로 만들어버린 셈입니다.

이 얼마나 하느님의 말씀을 무시한 무모한 언행인지 아십니까?

또한 이 얼마나 자신의 생각만이 옳다고 여기는 자기 교만에 빠진 목사로서 용서받기 힘든 죄를 짓고 있는 일인지를 아시는지요?

또한 예수님께서 태어나실 때 오직 마리아의 몸만 빌렸다고 말한다면 우리 인간 모두가
태어날 때도 각자의 어머니의 몸만 빌렸다고 말할 수 있으며,

또한 우리 모두가 어머니의 몸만 빌렸다고, 건방을 떨며 젖 먹여 키우고 다칠 세라 위험에서 보살펴 주신 어머니를 무시해도 된다는 말입니까?

예수님께서 마리아의 몸만 빌렸다고 젖먹이시고 보살피며, 키워준 예수님의 어머니를 무시해도 된다는 말인가요?

참으로 어리석고 생각이 부족한 목자입니다.
그러한 무지한 목자들에게 맡겨진 개신교 교인들이 너무나 가엾습니다.

제발 이제부터라도 인간에게 내려주신 참으로 귀하
신 하느님의 말씀들을 많은 기도 가운데 좀 더 신중
을 기해 철저히 공부하시어

바른 깨우침을 얻는, 지혜로운 목사님이 되시어 어
린양들을 올바른 길로 인도하는 선한 목자가 되시길
간곡히 부탁드립니다.

천주교와 개신교 십자가의 차이

　십자가 위에 수난의 예수님 형상이 있는 십자가
와 빈 십자가에 대해 나누어 보겠습니다.

　천주교 교회의 십자가 위에는 못 박히신 수난의 예
수님이 계십니다.
　그리고 개신교 교회의 십자가는 부활하신 후의 비
어 있는 십자가입니다.

　천주교의 수난의 십자가는 2천 년 전 믿음의 조상
때부터 내려온 전통 십자가의 모습으로서
　예수님이 겪으신 고난을 담아 놓은 수난의 과정을
담은 십자가이고

　개신교의 빈 십자가는 개신교의 창시자인 마르틴

루터 신부의 생각으로서 십자가의 수난은 지났고 부활 후의 결과만을 담아 놓은 십자가의 모습이라 생각됩니다.

그래서, 이 두 십자가 또한 예수님의 수난을 상징하는 똑같은 의미를 지니고 있으므로 이 문제에 대해서 전혀 논쟁할 문제가 아니라고 생각합니다.

다만, 어느 형태의 십자가이던
각자의 믿음의 경지에 따라 받는 은혜가 모두 다를 뿐이라 생각합니다.

십지가 위에 계신 고난의 주님께서 저에게 안겨주시는 선물 들을 말씀드리자면

제가 성전 안으로 들어설 때면
제일 먼저 내 눈은 고난을 겪고 계신 그분의 모습을 바라봅니다.
그 순간, 나도 모르게 마음이 숙연해지면서 저절로 고개가 숙여집니다.

그리고 내 몸과 마음이 죄송함과 동시에 넘치는 고
마움으로 가득 채워짐을 느낍니다.

때론 주님의 고통을 내 마음안에 깊이 새겨 넣으시
어 내 영혼 깊숙한 곳에 고여 있던 뜨거운 눈물을 자
아올려 흘려 내리게도 하십니다.

그리고 고난의 예수님 앞에 합당치 못했던 부끄러
운 내 삶을 되돌아보게 됩니다.
그리고 그 잘못들에 용서를 청하게 됩니다.

그리고 고난의 주님께 감사로 올려드릴 사랑받는
예쁜 삶을 다짐하게도 됩니다.

그럴 때면 그분께서는 언제나 따스한 사랑으로 나
를 감싸 주시며
내 눈에 감격의 눈물로 가득 채워주시기도 하십니다.
때로는, 그분 품에 안긴 따스한 행복이 눈물로 넘쳐
흘러 내 두 볼을 흥건히 적셔주시기도 하십니다.

또한, 그분께서는 그분을 향한 나의 사랑을

당신의 뜨거운 사랑으로 포근히 감싸안아도 주십니다.
이렇게 십자가 위에 계신 고난의 주님께서는
내가 주님을 바라볼 때마다 언제나 나와 뜨겁게 만나 주십니다.
저는 그분을 만나는 그 시간이 가장 행복합니다.

또한, 개신교의 빈 십자가도 저에게 많은 기쁨을 전해주십니다.
예수님의 모습을 볼 수 없어서 그분과의 뜨거운 만남은 없을지라도

빈 십자가는 부활하신 예수님을 생각하게 하시어
내 입가에 행복한 미소로 가득 채워 주십니다.

그리고 예수님을 부활시켜 주신 하느님 아버지께 감사의 기도가 절로 나옵니다.

이렇게 두 가지 모습의 십자가 모두가 우리 신자들에게 큰 도움을 주는데
어떤 십자가가 옳고, 틀리다고 논쟁하는 사람들은 먼저 자신의 믿음을 돌아보시기를 바랍니다.

하느님의 사랑 안에서 하나 되기

하느님과 하나님의 차이?

제가 처음 천주교로 이사와서 했던 질문이 똑같은 하느님이신데 왜 천주교의 하느님과 개신교의 하나님이 어떻게 다른가를 질문했습니다.

그때 신부님의 대답은 너무나도 간단 명료했습니다.

천주교의 하느님은 하늘 위에 계시는 분이라고 해서 하느님이라고 부르고

개신교의 하나님은 오직 한분이시라는 뜻으로 하나님이라고 부른다고 하셨습니다.

저는 그 말씀을 듣자마자 즉시 하느님이 옳은 표현
이라고 생각했습니다.

왜냐하면 하나뿐인 것은 이 세상에 너무나도 많습
니다.
우선, 나 자신도 이 세상에 단 하나뿐입니다.
그러고 보면 이 세상에 존재하고 있는 수천만의 인
구 한 명, 한 명 모두가 이 세상에 오직 단 하나의 인
격체들로 존재하고 있습니다.

이렇게 오직 단 한 분이라는 뜻보다는
하늘 위에 계신다는 뜻이 더 잘 어울린다고 생각되
어서 서도 하느님이라고 부르기로 했습니다.

이렇게 전혀 문제가 되지 않는 사소한 것들까지 불
만을 말하며 따지는 우리의 모습이 참으로 한심하고
우습기만 합니다.

이 모두가 하느님 앞에 크게 문제될 일들이 전혀 아
니니,

주님께서 큰 선물로 우리에게 내려주신 아름다운 인생 소풍의 자리에
비판과 미움 대신 감사와 사랑을 심고 떠나심이 어떠하실 까요?

이제, 우리가 하느님을 진정으로 기쁘게 해드리려면
하느님께서 우리에게 내리신 첫 계명이시며 또한 가장 으뜸되는 계명으로서

온마음과 뜻을 다해 하느님을 사랑하고
이웃을 내 몸같이 사랑하라고 명하신 그분의 말씀을 깊이 명심하고

그분 말씀에 순종하여 천주교와 개신교의 형제들이 먼저 서로 따스히 사랑하는 정다운 모습들을 보여드린다면

사랑이신 하느님께서도 한없이 기뻐하시며
지구상에 더 많은 사랑이 싹틀 수 있도록 도와주시리라 믿습니다. 아멘!

l Epilogue l

천주교와 개신교의 친형제 사이에 사랑의 무지개다리가 되고자 엎드려 써 올린 저의 부족한 글이 서로를 이해하는데 조금이라도 도움이 되셨기를 간절히 바라며

끝까지 읽어 주신 사랑하는 목사님들과 모든 형제자매님들께 진심으로 감사 또 감사드립니다.

하느님의 크시고도 놀라우신 사랑의 축복이 주님의 모든 자녀들 위에 따스히 임하시어 모두가 풍성한 사랑의 열매를 맺음으로써,

훗날, 이 세상을 떠날 때, 우리 하느님 아버지의 뜨거운 환영 가운데 천국으로 입성할 수 있는 아름다운 주님의 백성들이 되시길 간절한 마음으로 기도 드립니다. 아멘!

천주교와 개신교는 하나다

초판 1쇄 2026년 2월 12일

지은이 김성아
발행인 김재홍
교정/교열 김혜린
디자인 박효은
마케팅 이연실

발행처 도서출판지식공감
등록번호 제2019-000164호
주소 서울특별시 영등포구 경인로82길 3-4 센터플러스 1117호(문래동1가)
전화 02-3141-2700
팩스 02-322-3089
홈페이지 www.bookdaum.com
이메일 jisikwon@naver.com

가격 12,000원
ISBN 979-11-5622-950-6 03810